DEBUT D'UNE SERIE DE DOCUMENTS
EN COULEUR

Couverture inférieure manquante

PASTICHES CRITIQUES

DES

POÈTES CONTEMPORAINS

PAR

L. LEMERCIER DE NEUVILLE

Théodore de Banville. — A. Houssaye.
L. Colet. — E. Deschamps. — Lachambeaudie.
Alphonse Karr. — Pierre Dupont. — Henry Murger.
Barbier. — Théophile Gauthier. — Ponsard.
Alfred de Musset. — Lamartine.
Victor Hugo.

PARIS

E. DENTU, LIBRAIRE-ÉDITEUR

Palais-Royal, 13, galerie d'Orléans.

—

1856

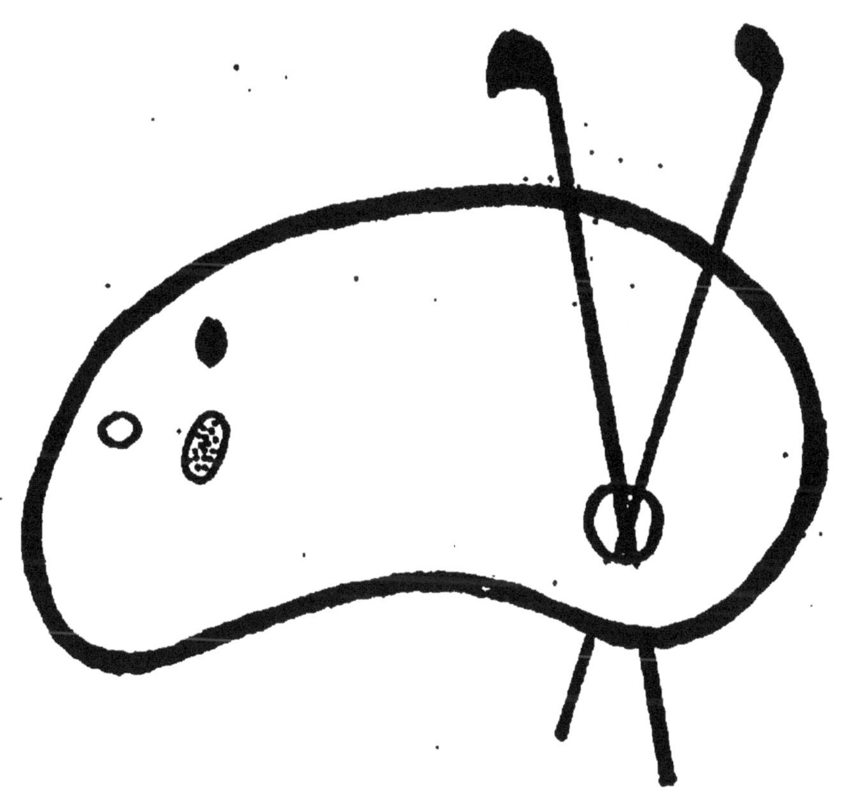

FIN D'UNE SERIE DE DOCUMENTS
EN COULEUR

PASTICHES CRITIQUES

DES

PÓÈTES CONTEMPORAINS

Paris. — Imprimerie LACOUR, rue Souffiot, 18.

PASTICHES CRITIQUES

DES

POÈTES CONTEMPORAINS

PAR

L. LEMERCIER DE NEUVILLE

Théodore de Banville.—A. Houssaye.
L. Colet.—E. Deschamps.—Lachambeaudie.
Alphonse Karr.—Pierre Dupont.—Henry Murger.
Barbier.—Théophile Gauthier.—Ponsard.
Alfred de Musset.—Lamartine.
Victor Hugo.

PARIS

E. DENTU, LIBRAIRE-ÉDITEUR

Palais-Royal, 13, galerie d'Orléans.

1856

Poëtes qui, dans mes pastiches,
Trouvez que je vous vole un peu,
N'allez pas vous facher, mon Dieu !
Toujours on a volé les riches.

Octobre 1856.

TABLE

THÉODORE DE BANVILLE

PETIT-LAIT POÉTIQUE.

C'est dans l'éther rempli de divines senteurs,
Où les nuages blancs dansent au clair de lune,
Que, la lyre à la main, pour la blonde et la brune,
Je fais des petits vers de toutes les couleurs !
Écoutez ! écoutez ! que ce récit vous touche !
Je vais vous reproduire un portrait de ma touche !

LES PARISIENNES DE PARIS.

VALENTINE. — LE COEUR LE MARBRE.

(*Figaro*, 22 juillet 1855.)

Partout où l'on entend le nom de cette femme,
Sous les panneaux sculptés ou sous les plafonds blancs,
Un essaim vaporeux de souvenirs poignants
    S'éveille et brame !

On dirait des démons qui fouetteraient l'éther
Avec les noirs arceaux de leurs ailes crochues...
— Cependant que d'amants les troupes accourues
Boivent ces souvenirs, pensant tuer le ver !

Car Valentine avait toujours une partie
Dans ces duos d'amour dévirginisateurs!
Il n'est pas une coupe ou vidée ou remplie
Dans laquelle elle n'ait trempé ses crins pleureurs!

L'agonie auprès d'elle ébauche des sourires;
Le râle des mourants lui dit : Ma sœur! (Farceur!)
Car elle a nom Démence, et Luxure, et Délire!
(Noms de guerre charmants, ma parole d'honneur!)

Ah! les baisers nombreux qui de ses longs doigts roses
Ont à peine effilé le délicat contour,
Auraient depuis longtemps usé le granit rose
Des degrés des palais de nos puissants du jour!

Vous connaissez Marco? — Ce n'est qu'une flâneuse
Auprès de Valentine! — Elle a plus absorbé
De Raphaëls que les soldats de Sambre-et-Meuse
N'ont usé de souliers! — Elle a plus enjambé

Dans ses amours maudits, que ces grands diables d'anges
Qui planent sur les champs de bataille, le soir...
Et ses amants usés sont comme ces oranges
Que jadis mordillait Marco dans son boudoir...
.....Etc., etc.

Philoxène m'attend! — De vous je prends congé.
Le laitage au printemps pour le sang est unique,
Buvez mon petit lait fadasse et poétique,
         Et vous serez assez purgé!

ARSÈNE HOUSSAYE

Fille d'esprit, quoiqu'un peu gauche,
Je suis la poétique ébauche :
Chez moi, rien n'est vraiment complet ;
Sentier perdu de poésie,
C'est toi que mon âme a choisie
Pour s'y reposer en secret.

Là, du *Cantique des cantiques,*
Ou bien des *Poëmes antiques*
J'aligne les vers deux à deux ;
Ou bien, ô *Cécile,* ô *Sylvie,*
J'adresse sur l'herbe fleurie
Mille fadeurs à vos beaux yeux !

Je reviens, et de ma fenêtre
J'écris quelques vers dont, peut-être,
Un beau jour je prendrai le deuil ;
Puis, songeant à l'Académie,
Je trace la biographie
Du quarante-unième fauteuil !

Petits vers, poèmes antiques,
Romans, études historiques,
Quoique incomplets, tous applaudis,
Quel est le nom que vous me faites?
Suis-je le dandy des poètes,
Ou le poète des dandys?

MADAME LOUISE COLET

ODE

DESTINÉE A ÊTRE COURONNÉE PAR L'ACADÉMIE.

Le front ceint par cent fois d'un laurier perpétuel,
Quelle est cette déesse à la tempe fleurie ?
— C'est Louise Colet, — lauréat immortel
    De l'immortelle Académie !

    Ah ! dit-elle tout inspirée,
    De patriotisme enivrée,
    Je veux chanter ! je veux chanter !
    Ce n'est plus le moment de rire,
    J'ai des batailles à vous dire,
    Des épisodes à décrire...
    J'ai des hauts faits à raconter !

    Gare-là ! ma chaudière fume !
    Car, dans ma tête, un gros volume
    Est toujours en enfantement !
    Guerriers ! lauriers ! gloire ! victoire !
    Nobles rimes de notre histoire !
    Voici la strophe invocatoire !
    Accourez à moi promptement !

Ah ! que le rôti brûle et vivent nos guerriers !
Laissons tourner la sauce et chantons nos conquêtes.
La grande Académie a toujours des lauriers
    Pour le front des femmes poètes ! ! !

ÉMILE DESCHAMPS

Au temps où les petits enfants,
Quoique petits, se croyaient grands,
On vit des choses étonnantes !
Les uns s'habillaient en soldats,
Quittant la main de leurs papas
Ou le tablier des servantes.

D'autres feignaient d'être amoureux,
Et pleuraient quand s'éloignait d'eux
Un essaim de petites filles ;
D'autres fumaient en toussant fort,
Et faisaient une guerre à mort
Aux moutards qui jouaient aux billes !

On en a vu faisant des vers
Inconnus de tout l'univers,
Postuler pour l'Académie !...

— Ce dernier article est le mien,
Et si le ciel me prête vie
On dira bientôt, je parie :
Deschamps l'académicien !

LACHAMBEAUDIE

FABLE.

La Fontaine n'est plus, ainsi que Florian ;
Viennet... N'en parlons pas! — Allons! la voie est belle.
Je vais, d'une façon nouvelle,
Vous instruire en riant !
Hi ! han !

LES DEUX BOSSUS.

Deux bossus, se trouvant un soir
Placés entre deux glaces,
Se virent si cocasses,
Qu'ils riaient, dam! il fallait voir !
—De quoi ris-tu, frère Mendoce ?
Mais de ta bosse apparemment !
Et toi ? — Je ris semblablement
De ta bosse !

Le public est frère Mendoce ;
L'artiste, c'est l'autre rieur ;
Le public ne voit pas sa bosse,
Mais il voit celle de l'acteur !

Grâce ! grâce ! Je suis coupable !
Lachambeaudie, épargne-moi !
Ton pastiche vaut moins que toi ;
De moi ne fais pas une fable !

ALPHONSE KARR

BOURDONNEMENT POÉTIQUE.

« Lorsque l'astre du jour vient éclairer le ciel, mon
« abeille des fleurs va butiner le miel ! — Les fleurs que
« j'aime tant ! — Tulipes diaprées, cactus aux rouges fleurs
« de piquants entourées, larges soleils, petits asters,
« myosotis, camélias, rosiers du Bengale sortis, anémones,
« dahlias, clématites, jacinthes, gobéas, lis dorés, amères
« coloquintes, pâquerettes, lilas, campanules, bleuets,
« violettes, crocus, balsamines, œillets, vous toutes, chères
« fleurs, roses, jaunes ou blanches, nourrissez-la, j'en ai
« besoin tous les dimanches ! »

— Ainsi Karr s'exprimait un soir que vainement il avait
essayé quelque bourdonnement. — Dans un coin sommeil-
lait son abeille épuisée, auprès du piédestal d'une guêpe
empaillée ; et dans un autre coin, un frelon envieux, en
attendant son tour, bourdonnait de son mieux. Alors Karr
se leva, puis, rejetant sa plume, dans sa bibliothèque il

choisit un volume, et, ciseaux à la main, découpa lestement des guêpes d'autrefois un long bourdonnement. — Karr, ami des jardins, — doit aimer la bouture puisque même il en fait dans sa littérature.

PIERRE DUPONT

CHANSON.

I.

Je ne suis pas la chansonnette,
Bergère aux souliers de satin,
Aux cheveux blonds sous la cornette,
Teint rose, peau blanche, œil mutin ;
Celle-là, c'était une actrice !
Pour moi, j'ai nom Réalité,
Et la nature est ma complice,
Si mon vers est empreint de sa rusticité.

II.

Je peins LES BOEUFS et la charrue
Comme à la ferme je les vis ;
MON ANE a la mine bourrue
Des bourriquets de mon pays ;
Finaud, mon chien, est laid peut-être,
Mais c'est bien LE CHIEN DE BERGER,
Plus fin que le garde champêtre
Qui dort, pendant qu'auprès on pille son verger !

III.

Je suis la chanson réaliste
Qu'on peut chanter à l'atelier ;
Alors que le travail rend triste,
Chante-la, toi, brave ouvrier !
Je chante ton pain, ta besogne,
Ta forge aux feux étincelants...
Et quand tu la chanteras, cogne
De ton marteau de fer les métaux rutilants !

IV.

Paysans, soldats, femmes, filles,
Chantez, chantez mes gais refrains.
Dans vos rondes, dans vos quadrilles,
En les disant, pressez vos mains !
Je suis la chanson populaire
Qui n'entre pas dans le boudoir !...
... Poëte, je te crois sincère,
Car tu chantes l'Amour, le Progrès et l'Espoir !

BARBIER

IAMBE.

Oh ! ma muse n'est pas une frêle comtesse
    A la blanche peau de satin,
A l'étroite pensée, au vers plein de mollesse,
    Lorette du quartier d'Antin ;
Non, c'est une gaillarde, à l'allure héroïque,
    Aux longs cheveux, aux yeux brillants,
Et qui, pour les besoins de la chose publique,
    Chante au son des canons bruyants !
Sur les pavés brûlants de Paris en colère
    On la vit errer autrefois,
Criant et rugissant ainsi qu'une mégère,
    Couvrant le canon de sa voix !
De Londre elle a fouillé la cité populeuse,
    Recherchant dans les ateliers
Des sectaires ardents, à la face hideuse,
    Cadavres vivants d'ouvriers !
Oh ! comme elle a hurlé ! comme sa voix puissante
    A jeté partout la terreur !
Comme elle remplissait les âmes d'épouvante !
    Comme à sa voix battait le cœur !

. . . .

Mais bientôt, le coursier qui, sur sa croupe fière,
L'emportait sans rênes ni freins,
Sans souffle et sans poumons la rejeta par terre
Et du coup lui cassa les reins [1].

<hr>

[1] Vers de Barbier.

HENRY MURGER

ROMANCE BOHÊME.

« Mimi! Mimi! Mimi! Mimi!
« Musette! Musette! Musette! »
Tels sont les refrains que répète
Murger, de minuit à midi!
Et de midi notre poète
Jusqu'à minuit sans cesse dit :
« Musette! Musette! Musette!
« Mimi! Mimi! Mimi! Mimi!

O Bohème! pays étrange!
Qu'il a si brillamment chanté!
Où pour nourriture l'on mange
Le pain béni de la gaîté [1] !
Sur ta plage inhospitalière
Nous abordâmes tour à tour,
Pour lit nous n'avions qu'une pierre,
Mais sur la pierre était l'amour!

[1] Vers de Murger. — Chanson de Musette.

Ton chantre, ô pays de chimères,
Chez toi fut naturalisé ;
Ses premières larmes amères
Tombèrent sur ton sol usé.
Qui les fit tomber ? — C'est Musette !
Qui les fit tomber ? — C'est Mimi !
— Mais, Dieu merci, pour le poète,
A l'amant succéda l'ami !

Or, pour punir votre inconstance,
Celui qui vous aima jadis
A raconté votre existence,
O *Perdeuses de Paradis !*
Fière Lorette, et toi Grisette,
Murger est toujours votre ami...
Ne l'oubliez jamais, Musette !
Ne l'oubliez jamais, Mimi !

THÉOPHILE GAUTHIER

Je ne suis pas la Muse sage,
Aux blonds cheveux, à l'air tremblant,
Qui, sous sa robe sans corsage,
Cache un sein plus que le mien blanc ;

Non ! je suis la folle arabesque,
Guivre qui tourne au moindre vent,
Tantôt belle et tantôt grotesque,
Huître grise ou corail ardent !

Tantôt, sous des plis granitiques,
Je dresse mon beau profil grec,
Et prends tantôt les traits étiques
Et l'air hébété d'un Aztec !

De visions et de fantômes
J'ai l'esprit obstrué toujours ;
Tous mes créanciers sont des gnomes,
Et mes maîtresses des amours !

J'aime à changer l'ordre des choses,
Ce que l'on pense est trop commun :
Les blonds cheveux, je les fais roses,
Et dis que plusieurs ne font qu'un.

J'ai fait parler un monolithe [1]
Paradoxal à l'infini,
J'ai comparé l'hermaphrodite
A l'organe de l'Alboni [2]

J'ai fait la bizarre entreprise
D'être un nouveau Paganini,
Et le carnaval de Venise
Dans mes strophes s'est rajeuni [3]

J'ai fait de blanches symphonies [4],
Des toiles en alexandrins,
Des gouaches en harmonies,
Des aquarelles en refrains [5].

Bah! tout se dit en poésie!
Que ne verrez-vous pas encor!
J'ai trouvé la mort dans la vie
Et l'existence dans la mort [6]!

Du théâtre enjambant les planches
Couvert d'un tricorne enchanté,
J'ai retrouvé les robes blanches
Du bon Pierrot ressuscité [7]!...

Maintenant je suis le critique
Du sous-sol d'un fameux journal;
Mon Pégase est paralytique...
C'était pourtant un fier cheval!

<hr>

[1] *Nostalgies d'obélisques* (*Emaux et Camées.*) — [2] Contralto (*Id.*) — [3] *Variations sur le Carnaval de Venise* (*Id.*). — [4] *Symphonie en blanc majeur* (*Id.*) — [5] Intérieurs, paysages, tableaux, etc. (*Id. Poésies complètes.*) — [6] *La Mort dans la Vie*, — *la Vie dans la Mort*, poèmes (*Id.*) — [7] *Le Tricorne Enchanté*. — *Pierrot Posthume*. — (Théâtre de poche.)

PONSARD

Je suis le Dieu Ponsard aux tragiques colères
Dont on ne pleure plus et que l'on ne craint guères.
Or, je vais vous parler des Grecs et des Romains,
Donc *Plaudite, cives!* ou bien battez des mains!
Mon genre, c'est celui de notre vieux Corneille!
Mais, ainsi que l'on voit l'industrieuse abeille
Faire un miel des plus doux avec le suc des fleurs,
De même, de Corneille empruntant les couleurs,
Je peins la Rome antique et sa rude noblesse
En vers rudes autant que rude était Lucrèce!
Racine me déplaît par ses vers doucereux;
Pour moi, j'aime un vers lourd, qui se traîne, glaireux;
Et pour mieux l'ajuster, *je vais puiser dans l'urne*
L'huile qui doit brûler dans la lampe nocturne.
Les heures du repos viendront un peu plus tard,
La nuit n'a pas encor fourni son premier quart [1],
C'est dans ces longues nuits exemptes de mollesse
Que jadis j'écrivis mon chef-d'œuvre : Lucrèce,

[1] *Lucrèce,* acte Ier, scène Iᵣᵉ.

AGNÈS DE MÉRANIE et CHARLOTTE CORDAY,
Ces drames palpitants que le siècle attendait !
Plus tard... — Pardonne-moi, divin chantre d'Achilles,
Homère! si j'ai pris une de tes deux filles [1]
Pour la parodier au Théâtre-Français,
C'est aux chœurs des PORCHERS que je dus mon succès !—
Je peignis les bourgeois, leurs mœurs, leur caractère,
L'artiste, les amis du riche, le notaire...
Et fus dans ce travail assez intelligent,
Pour qu'il me produisît et l'HONNEUR ET L'ARGENT !
Mais depuis !... mon talent remonta vers sa source...
On vient d'en voir le fond... dans le fond de ma BOURSE !
Mon Dieu, que voulez-vous ? La Muse, chez les uns,
Fait hors du droit chemin des bonds inopportuns ;
De la mienne on dira comme de la Romaine :
« *Elle vécut chez elle et fila de la laine* [2]. »
Chacun son lot : Dumas fait cent romans par jour,
Tandis que moi, morbleu! mon génie est trop court [3] !

<hr>

[1] *Ulysse*, tragédie avec chœurs, musique de Gounod.
[2] Vers de Lucrèce.
[3] Vers de *l'Honneur et l'Argent*.

ALFRED DE MUSSET

ODELETTE-PROVERBE.

Je suis la jeune Comédie
A l'allure franche et hardie
Que Musset créa quelque soir
En revenant de voir sa mie
   Dans son boudoir.

A moi les folles sérénades
Qui font damner les noirs alcades
Et dépitent les vieux maris,
Qui font le guet sous les arcades,
   En manteau gris.

Comme un papillon je voltige
De fleur en fleur, de tige en tige
Sans m'arrêter jamais à rien ;
Et chacun subit mon prestige !
   Fait-il pas bien ?

Tantôt j'entre par la croisée
D'une marquise délaissée
Qui brode pour un inconstant ;
L'amour, ainsi qu'une fusée,
   Brille un instant !

Mais je ramène le volage ;
L'amour rentre dans le ménage,
Comme fait un petit garçon
Qui, menacé, revient plus sage
    A la maison ¹!

J'aime à courir comme une folle,
Laissant aller chaque parole ;
L'esprit dicte, le cœur écrit,
La cage s'ouvre, l'oiseau vole,
    Et tout est dit !

Quant aux critiques, que m'importe ?
J'ai fait sur le seuil d'une porte
Un roman fort applaudi, mais
Je veux que le diable m'emporte
    Si je le sais ²!

Mes vers, gais enfants de ma plume,
Emplissent au plus un volume,
C'est bien assez, s'ils sont tous bons,
Car j'en ai d'autres dont j'allume.
    Mes noirs tisons!

Maintenant, adieu Comédie!
Adieu Ninon, ma belle amie,
Tout fatigué j'arrive au port,
Car je suis de l'Académie :
    Ici l'on dort!

¹ *Un caprice*, proverbe.

² *Il faut qu'une porte soit ouverte ou fermée*, proverbe.

LAMARTINE

Ma Muse a sur le front un rayon de lumière
Que le ciel lui donna jadis à ma prière ;
Elle a des ailes d'or et de longs voiles fins !
Son chant est un cantique et sa voix est si tendre,
      Que l'on croirait entendre
Les suaves accents du chœur des séraphins !

Jadis elle était sourde à la voix captieuse
Qui rend l'âme agitée, avide, ambitieuse ;
Elle se concentrait en MÉDITATIONS !
Rêves aimés de Dieu, sublimes HARMONIES,
      Chassant les insomnies
Du cœur que le démon remplit de passions !

Puis un jour, déposant sa divine cithare,
Elle essaya son vol, ainsi que fit Icare,
Au sein des régions aux courants opposés.
Des lois de son pays nouvelle directrice,
      Cette Muse novice
Vit bientôt ses espoirs ambitieux brisés.

Alors, pour expliquer au Peuple ses paroles,
Un journal recueillit ses longues paraboles;
Et du Peuple affranchi le nouveau CONSEILLER
Tous les huit jours dicta dix pages politiques
  En place des cantiques
Qu'il composait jadis sur le mol oreiller!

Puis l'Histoire à la main, elle refit l'Histoire!
Que de choses, Seigneur, au fond d'une écritoire!
La pauvre fille, un jour, sous le faix dut plier!

Ah! que n'a-t-elle encor sa ravissante lyre!
  Vite, j'irais souscrire
Aux douze livraisons de son COURS FAMILIER!

VICTOR HUGO

ODES. — DRAMES. — CONTEMPLATIONS.

I.

Bon appétit, messieurs ! Aimez-vous le poison,
Les trappes, les poignards, voleurs dans la cloison,
     Bandits, burgraves, courtisanes ?
C'est moi, Victor Hugo, qui vais vous en servir !
Moi, qui chantais jadis les combats de l'Emir
     Et les cous voilés des sultanes !

J'aime à faire pâmer d'effroi, les soirs d'hiver,
Où la marquise brune ou bien son chasseur vert
     Qui domine la galerie ;
J'aime l'accolement du laid avec le beau,
Du noir avec le blanc, de la flamme avec l'eau,
     Et de la mort avec la vie !

Oh ! raillez ! raillez-moi ! vos injures s'en vont
Maculer mes souliers sans monter à mon front
     Si vaste que c'est tout un monde !
Je suis le chef d'école et non l'écolier
Suivant son professeur dans le boueux sentier
     Où croupit le classique immonde !

II.

Regardez ! — celui-là, c'est Ruy-Blas, le valet !
Né pauvre ; qu'un beau jour un grand seigneur a fait
Riche ! — et que le génie a fait grand et sublime !
Voici dame Lucrèce, un démon ! c'est le crime
Fait femme ! A ses côtés, monsieur le podesta
Angelo veut tuer dame Catarina !
Voici Le roi s'amuse et Marion Delorme !
L'un toujours escorté d'un petit nain difforme,
Appelé Triboulet ; et l'autre se traînant
Aux pieds de Richelieu, le ministre sanglant !
La Tudor ! — Le cœur des femmes est plein de laves !
Regardez bien ceux-ci, car ce sont mes Burgraves !!!

Et bien, classiques froids, voici tous mes enfants !
Applaudis ou sifflés, ils sont tous triomphants
    Devant l'avenir, leur seul juge !
Corneille est leur aïeul, Shakspeare leur parrain ;
Et je les ai conçus sur un si haut terrain
    Qu'il eût dominé le Déluge !

III.

    Tous ces héros de ma pensée
    M'ont dit alors : Repose-toi !
    Ta terre est bien ensemencée,
    Ta moisson germera pressée
    Dans le cœur des hommes de foi !

Ainsi dans la lande stérile,
Laboureur, plein de volonté,
Tu te dis : Je rendrai fertile
Cette plaine où l'herbe inutile
Jaunit sous les feux de l'été;

Et défrichant avec la houe
Le sol rebelle à ton labeur,
Ta volonté de fer se joue
De la terre aride, et la troue
Pour y semer un blé vainqueur!

Puis un jour, au bout de la lande
S'arrête un passant affamé
Qui, voyant ta moisson si grande,
A chacun aussitôt demande :
Quel est ce blé? qui l'a semé?

Oublieux! — Demande à l'étoile,
Au Bosphore aux reflets luisants,
A celle qui leva son voile,
A l'insecte à la fine toile;
A l'ortie aux baisers cuisants!

Demande aux bleuets de la plaine ;
Aux arbres, aux fruits du verger,
Au sultan à la peau d'ébène,
Demande encore à Madeleine,
Qu'adorait le comte Roger!

Demande à toutes les pensées,
A tous les cœurs demande encor
Qui, dans ces plaines délaissées,
Au lieu de ronces enlacées,
Fit germer ces beaux épis d'or !

Tous te diront : c'est le poète !
Ainsi l'ignorant, en tout lieu,
Demande qui fit la tempête
Et l'astre qui luit sur sa tête,
Et chacun lui répond : c'est Dieu !

Paris. — Imprimerie Lacour, rue Soufflot, 18.